DER AMOKLAUF
DES BEHÖRDENLEITERS
HB

Falk van Helsing

Der Sprachschatz der Beamten

Beamte – Verstehen
Verstehen – Beamte

Mit Bildern von Harm Bengen

LAPPAN

Der Verfasser wurde 1965 als Sohn eines Kriminalbeamten in Hamburg geboren und absolvierte dortselbst ein Studium der Rechtswissenschaft. Nach dessen stattgehabtem Abschluss erkrankte Vorgenannter an Richterwahn, der seit 1996 erfolglos in Sachsen-Anstalt therapiert wird. Nach über zehn Jahren im richterlichen Dienst, weiß er absolut alles über den Aktensprachschatz. Unter dem Pseudonym Falk van Helsing hat er bereits ein Dutzend juristischer Humorbücher geschrieben. Derselbe trägt sich mit auf die Nachsuchung seiner Versetzung als Humorbeauftragter des Bundesjustizministeriums gerichteten Absichten.

www.lappan.de · info@lappan.de
Titelbild: Bernhard Prinz
Druck und Bindung: Leo Paper Products, Hong Kong
Printed in China
ISBN: 978-3-8303-3180-3

Inhaltsverzeichnis

I. Fremdsprache Behördisch

Eine kurze Einführung
in das Beamtendeutsch

1. Scheußlich komisches Beamtensprech

So oder so ähnlich könnte ein Brief aus einem Amtsschimmelstall abgefasst sein:

„Gemäß §§ 3 Abs.1 SOG, 6, 64 LG werden Sie letztmalig aufgefordert, die Spontanvegetation sowie das raumgreifende Großgrün hinter der nicht lebenden Einfriedung ihres nicht ordnungsgemäß benummerten Hausgrundstücks zurückzuschneiden. Des Weiteren haben Sie die Anleiterbarkeit sicherzustellen, da Ihnen ansonsten die beantragte Grunddienstbarkeitsbewilligungserklärung nicht zustellig gemacht werden kann. Im Rahmen ihrer Verkehrssicherungspflicht sind Sie zudem verpflichtet, die abgängige fußläufige Anwegung in Richtung des Straßenbegleitgrüns gegenüber Ihrem Hausgrundstück instand zu setzen. Wenn Sie diesen Pflichten nicht unverzüglich nachkommen, haben Sie im Wege der Verbescheidung mit der Durchführung von Ersatzvornahmen bis hin zur Enteignung sowie der Verhängung empfindlicher Bußgelder zu rechnen.“

Und natürlich versteht man so gut wie gar nichts, außer man hat ein mehrjähriges Studium der Verwaltungswissenschaften absolviert. Aktenreptile kennen keine Gnade. Sie erfinden Wortungetüme, formulieren am liebsten Bandwurmsätze oder beschreiben umständlich, was ohnehin klar ist. Ihr Motto scheint zu sein: Hauptsache, niemand versteht sie. Bürokratensprech wurde eigens erfunden, um den Bürgern das Leben schwer zu machen. Der sehr förmliche Kanzleistil kann dabei seine Wurzeln im Mittelalter nicht verleugnen. Behördisch ist die Wurzelbehandlung der deutschen Sprache.

Büroklammerfetischisten gelten nicht unbedingt als sprudelnde Quelle des Humors. Viele Menschen reagieren mit Abscheu, wenn sie ein Amtsschreiben lesen müssen. Das muss nicht sein! Denn das Beamtenkauderwelsch produziert oft unfreiwillige Komik. Es ist zugleich Lach- und Brechreiz erregend. Dieses Buch will den Beweis antreten, dass das Amtsgefasel auch komisch sein kann.

Be|am|ten|deutsch, das (nicht selten despektierlich): diesbezüglich durch Hinschied abgegangene, infolge seiner Abstraktheit schwer nachvollziehbare, von kleinlicher, übertriebener Genauigkeit geprägte, zudem breite und umständliche, viel Nebensächliches beziehungsweise Überflüssiges mit darstellende, bisweilen sogar durch weitschweifige Formulierungen charakterisierte, verschachtelt konstruierte, für den Bürger meist unverständliche papierene Ausdrucksweise seitens Beamter in behördlichen Bestimmungen und Bescheiden.

2. Die Tücken des Beamtenkauderwelsch

Die Geheimsprache der Aktenmenschen zeichnet sich durch folgende Besonderheiten aus:

a) Aktensprachschatz

Der beamtete Bürgerquäler ersetzt Alltagsbegriffe grundsätzlich durch ein Fachwort aus der Verwaltungssprache. Aus Kaffee wird so ein koffeinhaltiges Bohnenheißgetränk. Ein Bach mutiert zum Waldfließgewässer. Und Weiß ist ein gleichhelles Unbunt.

Gern verwendet er Alltagsbegriffe, unterlegt diese aber mit ganz anderer Bedeutung.

Unter Veranlagung versteht der Normalmensch die Begabung, der Stempelkarusselkönig jedoch die steuerliche Einschätzung.

Widmung sind für den Aktenmenschen keine Worte der Zuneigung, sondern ein Verwaltungsakt, durch den eine Verkehrsfläche der Öffentlichkeit zur allgemeinen Nutzung übergeben wird.

Mit Niederschlagen bezeichnet der besoldete Wortakrobat keinen Akt der Gewalt, sondern das Abschreiben einer uneinbringlichen Forderung.

Aus einem Satz wie „Der Jäger versteckt sich in einem Wald mit Tieren hinter einem Baum“ wird „Ein im Forstwesen zuständiger Beamter mit Schussberechtigung versteckt sich in einer forstwirtschaftlichen Nutzfläche mit Wildtierbestand hinter einem raumübergreifenden Großgrün“.

Als Sprachverkomplizierungsmaßnahme reicht Verwaltungsprech für alltägliche Dinge jedoch nicht. Mittels Einpflegung verwaltungsspezifischer Fachbegriffe lässt sich der Bürger noch etwas mehr verwirren. Oder verstehen Sie folgende Wörter?

- Fortsetzungsfeststellungswiderspruch
- Kostenzusageübernahmeerklärung
- Restmüllbehältervolumenminderung

Das Ganze lässt sich durch Wortzusammensetzungen noch etwas steigern. Die maximale Unverständlichkeit ist bei Wortmonstern wie bebaubarkeitseinschränkende Abstandsflächenübernahmeerklärungen erreicht. Typische Mammutwörter des Verwaltungssprech sind:

- Einkommenssteuervergünstigungsbescheinigung
- Grundschulintegrationslandesbeauftragtenstelle
- Landesfachbereichsverwaltungsangestellte
- Krankenversicherungskostendämpfungsgesetz

b) Substantivierungswahn

Darunter versteht man das Phänomen, in einem Satz möglichst viele Hauptwörter zu verwenden. Verben werden durch die Bildung auf „-ung" in Substantive umgewandelt. Also statt etwas „aufheben" heißt es „zur Aufhebung bringen". Aus „bebauen" wird „der Bebauung zuführen", aus „untersuchen", „einer Untersuchung unterziehen". Oberstes Ziel ist es, möglichst viele Wörter mit „-ung" in einem Satz unterzubringen.

„Behördlicherseits werden Sie um Zusendung der Bescheinigung unter Berücksichtigung der Fristsetzung ersucht."

„Nach Ausfüllung und Rücksendung des Antrages auf Heimunterbringung wird dieser behördlicherseits einer Prüfung der Kostenzusageübernahmeerklärung unterzogen."

Etwas sprachliche Varianz lässt sich durch die Verwendung der Endsilben „-keit" oder „-heit" erreichen.

„Ein zureichender Grund für die Untätigkeit des Finanzamts ist gegeben, wenn seit Eingang der Steuererklärung finanzamtlicherseits noch kein Kalenderjahr verstrichen ist."

„Bei völliger Unklarheit der Todesursache ist die Zulässigkeit der rechtsmedizinischen Sektion eine Gegebenheit."

c) Unpersönlicher Stil

Klarsichthüllenmenschen verwenden niemals die „Ich-Form“ und die persönliche Anrede. Der Aktenmann ist immer auf Distanz zu sich und anderen bedacht. Gottgleich schwebt er über den Dingen. Der unpersönliche Stil fördert zudem die Kluft zwischen Beamten und Bürgern. Letztere werden vom Aktenoberrat nicht als Personen wahrgenommen, sondern bestenfalls als Untertanen oder Bittsteller. Personen werden deshalb nicht mit Namen genannt, sondern auf ihre Funktion in dem Verfahren reduziert. Herr Meier wird zum Antragsteller, Betroffenen oder Beigeladenen.

Sich selbst bezeichnet der lebende Aktenordner niemals mit „Ich“, das klänge zu subjektiv. Der Staatsdiener ist zu strenger Objektivität verpflichtet. Nicht er, sondern der Staat will etwas von Ihnen. Deshalb verbürokratisiert er den Text so, dass er als Verfasser völlig in der Anonymität verschwindet. Der Meister des Nichtstuns schreibt statt „ich“ gerne „wir“:

„Wir untersagen Ihnen hiermit ...“

Das klingt dann so, als ob sich das ganze Landratsamt mit dem Fall beschäftigt hat. Noch lieber verwendet das Mitglied der anonymen Bescheidpinsler den Es-Stil:

„Es wird darauf hingewiesen, dass ...“

Trefflich lässt sich die Unpersönlichkeit des Amts durch die Endungen „-seitig“ oder „-seits“ ausdrücken. *„Die behördenseitig eingepflegten Zollsätze sind dem Tabellenanhang zu entnehmen.“*

„Es sind behördlicherseits Maßnahmen zur Durchführung zu bringen.“

Großer Vorteil dieser Vorgehensweise ist die Vermeidung verständlicher Satzkonstruktionen. Denn die Bezeichnung von Personen nach ihrer Funktion führt recht zuverlässig zu Passivkonstruktionen. Aus „Ich fordere Sie auf ...“ wird flugs „Sie werden hiermit aufgefordert ...“ So lassen sich Behördentexte durch die häufige Verwendung von unpersönlichen Passivformen, wie „werden auferlegt“, „es wurde in Erwägung gezogen“, trefflich aufblähen.

d) Feldwebeldeutsch

Der Aktenterminator verwendet gerne den preußischen Beamtenstil: kurz, verwirrend und verletzend. Die Behördensprache verzichtet auf jede emotionale Anteilnahme und bevorzugt dafür den Befehlston. Der Recht suchende Bürger wird durch Wörter wie anordnen, androhen und beschuldigen bewusst eingeschüchtert. Selbst dann, wenn noch gar nicht feststeht, ob der Adressat nicht freiwillig tut, was der Aktengeier von ihm will. Als Präventivschlag gibt es immer erst einmal eine Breitseite Behördianisch mit maximalem Bedrohungspotenzial. Wenn der Obrigkeitsstaat zum Untertan spricht, klingt das so:

„Das Streuen von Konfetti ist verboten."

„Bekanntlich ist es gesetzeswidrig ..."

„Die Außerachtlassung dieser Vorschrift wird mit dem Tode bestraft."

„Sollten Sie das heutige Schreiben des Unterzeichners unbeachtet lassen, werden alle gesetzlich zulässigen und auch unzulässigen Vollstreckungsmaßnahmen gegen Sie unverzüglich eingeleitet."

Wenn dem Antragsteller jedoch unzweifelhaft eine staatliche Leistung zusteht, wird sie ihm nicht schlicht bewilligt, sondern gewährt. Gewähren klingt so herablassend großzügig. Beamtenseelen lieben das!

e) Verstaubtes Kanzleideutsch

Wie eine Staubschicht überziehen antiquierte Kanzleiwörter die Behördentexte. Im Kanzleistil der Kaiserzeit wird geschrieben:

„Ich hoffe, Ihnen mit den Unterlagen gedient zu haben und verbleibe hochachtungsvoll ..."

„Unterfertigter erlaubt sich, Sie untertänigst darauf hinzuweisen, dass ..."

SCHRÖDER! SIE LASSEN SICH BESTECHEN?!
DAS HEISST JETZT PIERCEN, CHEF!
HB

„Sie werden hiermit ausdrücklich dergestalt auf die aus der Nichtbeachtung derselben für Sie alsbald entstehenden nachteiligen Folgen der Zurückweisung ihrer Eingaben und der Beitreibung der verwirkten Bußgelder hingewiesen.“

Das Kanzleideutsch aus dem 19. Jahrhundert gilt generell als ausgestorben. Es hat nur in den Reptilienhäusern der Verwaltung überlebt.

Sprachschutzgesetz

in der Fassung der Bekanntmachung vom 03. September 2007 (BGBl. I S. 1206)

§ 1 Amtssprache

(1) Die Amtssprache ist Kanzleideutsch.

(2) [1]Als Sprache der Verwaltung ist das Kanzleideutsch kraft der Verfassung ein grundlegender Bestandteil des Kulturerbes Deutschlands.

[2] Es ist die Sprache, die beim schriftlichen und mündlichen Verkehr mit Behörden und Bürgern zu verwenden ist.

§ 2 Sprachliche Gestaltungsregeln

(1) [1]Dienstliche Schreiben sollen sich der Benutzung der altüberlieferten, ehrwürdigen Kanzleiausdrücke befleißigen. [2]Dieselbe Bestimmung kommt bei jeder mündlichen Kommunikation sowie bei der vermittelst der Verwendung von Fernkommunikationsmitteln zur Anwendung.

(2) [1]Neudeutsche Ausdrücke sind grundsätzlich nur zu verwenden, soweit es aus fachlichen Gründen unumgänglich ist und die Unverständlichkeit insbesondere gegenüber dem Bürger nicht beeinträchtigt wird. [2]Die Verwendung neudeutscher Ausdrücke scheidet insbesondere dann aus, wenn geeignete Kanzleiwörter vorhanden sind oder solche bei neuen Sachverhalten aus vorhandenen Wortfeldern ohne besondere Schwierigkeit gebildet werden können.

§ 3 Verbote

Es ist verboten, die gemäß Anlage 2 zum Sprachschutzgesetz geschützten Kanzleiwörter oder Teile von ihnen abzuschaffen, aus dem Beamtensprachschatz zu entfernen oder in ihrem Weiterbestand zu beeinträchtigen.

§ 4 Sanktionen

(1) Mit Geldbuße bis zu fünfzigtausend Euro kann bestraft werden, wer vorsätzlich oder fahrlässig entgegen § 3 Kanzleiwörter abschafft, aus dem Beamtensprachschatz entfernt oder in ihrem Weiterbestand beeinträchtigt.

(2) [1]Der Beamte begeht ein Dienstvergehen, wenn er schuldhaft die Pflicht zur Verwendung des Kanzleideutschs verletzt. [2]Das Nähere regelt das Bundesdisziplinargesetz.

Merke: Beamtendeutsch nennt sich jenes Sprachverbrechen, mit dem Bürokraten dem Bürger das Leben schwer machen.

3. Die Vorzüge der Unverständlichkeit

Für viele Formularficker ist es ein erhebendes Gefühl, nicht verstanden zu werden. Warum existiert die verbale Staubschicht der Verwaltungssprache eigentlich? Dafür gibt es hauptsächlich drei Gründe:

a) Beamtendeutsch ist eine Waffe

Der Geist der Behördensprache ist obrigkeitlich. Der Bürger als Untertan hat zu tun, was der hoheitlich tätige Amtsträger ihm befiehlt. Beamtendeutsch ist eine Herrschaftssprache. Der blasse Aktenfresser will sich damit Autorität verschaffen und die Untertanen auf Distanz halten. Es verbietet jeglichen Zweifel an der überlegenen Fachkompetenz der Obrigkeit und der Rechtmäßigkeit ihrer Entscheidungen. Der entrechtete Steuerzahler soll den Eindruck gewinnen, die behördlichen Anordnungen überstiegen seine Auffassungsgabe und seien allein deswegen bedingungslos zu befolgen.

b) Unanfechtbarkeit durch Vergenauerung

Der gemeine Beamtenarsch fürchtet stets um seine Karriere, wenn seine Entscheidungen von übergeordneten Behörden, Gerichten und Rechtsanwälten zerpflückt werden. Dagegen sichert er sich mit einer möglichst allumfassenden Behandlung der Sach- und Rechtslage ab. Kein noch so abwegiges Detail wird unbeachtet gelassen. Mit Hilfe der Vergenauerung wird der Bescheid unanfechtbar.

c) Vermeidung von Langeweile

Die behördliche Sprachpflege dient auch der Selbstbeschäftigung. Was soll ein beamtetes Faultier mit seinen maximal drei Akten am Tag außer Kaffeetrinken noch tun? Eigentlich wäre er mit seinem Tagwerk etwa gegen 10 Uhr fertig. Dabei ist die Ableistung der Morgenkaffeerunde von 8 bis 10 Uhr schon berücksichtigt. Doch die Stempeluhr verpflichtet ihn zum Absitzen von weiteren sechs Dienststunden. Also fängt er an, die bereits fertigen, wenn auch etwas kurzen Bescheide noch einmal sprachlich zu überarbeiten. Nach sechs Stunden behördlichem Sprachlabor sind sie dreimal so lang und zehnmal so unverständlich.

Einmalig

Die einmalige Zahlung wird für jeden Berechtigten nur einmal gewährt.

§ 3 Abs. 1 Satz 1 Bundesbesoldungs- und Versorgungsanpassungsgesetz 1999

II. Vom Mensch zum Aktenkacker

Der bisherige Eignungstest für den Staatsdienst, drei Stunden aus dem Fenster gucken und sich nichts dabei denken, wurde grundlegend überarbeitet.
Hier können Sie selbst testen, ob Sie das Zeug zum Homo Buerocraticus haben. Kreuzen Sie bitte an, ob die Aussagen auf Sie zutreffen oder nicht.

Test

Tauge ich zum Beamten?

1 Haben Sie schon als Kind am liebsten mit Büroklammern, Stempeln und Aktenordnern gespielt? ❍ ja ❍ nein

2 Klingen Begriffe wie Antrag, Frist und Gebühr irgendwie erotisch für Sie? ❍ ja ❍ nein

3 Ist Ihnen jede Hektik und Eile zuwider? Treten Sie für die Entschleunigung des Lebens ein? Sind Sie ein Mensch, der eher langsam, ruhig und schwerfällig ist? ❍ ja ❍ nein

4 Wirken sie unsympathisch auf andere? Ist eine feindselige Miene ihr typischer Gesichtsausdruck? ❍ ja ❍ nein

5 Können Sie von Gesetzen, Verordnungen und Dienstanweisungen gar nicht genug bekommen? Je mehr, desto besser? ❍ ja ❍ nein

6 Finden Sie nicht auch, dass die meisten Bürger mit ihrer Freiheit nicht verantwortungsbewusst umgehen können? Wenn Sie Justizminister wären, würden Sie dann für die Einführung neuer Verbote sorgen? ❍ ja ❍ nein

7 Sind Sie in Grenzen kreativ? Könnten Sie sich vorstellen, selbst neue Formulare und Bußgeldtatbestände zu erfinden? ❍ ja ❍ nein

8 Gehört aufopfernde Pflichterfüllung, vorauseilender Gehorsam und untertänige Unterwürfigkeit zu ihren positiven Charaktereigenschaften? ❍ ja ❍ nein

9 Ihr Lebensmotto lautet: Nur nicht auffallen! Sie würden alles tun, um nicht das Missfallen der Obrigkeit zu erregen. ❍ ja ❍ nein

10 Unter der Krönung ihres Lebens verstehen Sie die Ernennung zum Beamten auf Lebenszeit, mit der sie in ein rundum abgesichertes Pensionärsdasein übertreten. ❍ ja ❍ nein

Auswertung

Geben Sie sich für jede Ja-Antwort einen Punkt!

0 PUNKTE: Hoffnungslos fehlende Beamtenseele. Ihnen verbleibt einzig der Weg in die freie Wirtschaft, in der Sie leicht das Doppelte verdienen können, außer natürlich die Bürokratie hindert sie daran.

1–4 PUNKTE: Die Eignung zum Führen von Stempeln ist im Ansatz vorhanden, muss aber noch weiter trainiert werden. Zu Anfang sollten Sie täglich zweimal zur Blutspende gehen. Dies konsequent ein Jahr durchgeführt, müssten Sie ein ausreichend blutleerer Mensch geworden sein und können den Test noch einmal machen.

5–10 PUNKTE: In ihrer Brust schlägt ein Kanzlistenherz. Sie haben ein semi-erotisches Verhältnis zu Akten und bringen alle Voraussetzungen für eine Bürokratenlaufbahn mit.

Entschleunigungstipps

für Beamtenanwärter

- **Gewöhnen Sie** sich an, Dinge intensiver anzusehen, statt sie nur für Sekundenbruchteile wahrzunehmen, z. B. das Wachstum des Gummibaums auf dem Fensterbrett.
- **Konzentrieren Sie** sich auf eine Aufgabe, statt mehrere Dinge parallel zu erledigen (wie z. B. gleichzeitig abheften und telefonieren).
- **Schalten Sie** den Anrufbeantworter ein und lassen das Telefon einfach läuten.
- **Lesen Sie** E-Mails nur einmal im Monat, und löschen sie diese danach umgehend.
- **Lassen Sie** sich durch Klopfen an der Tür nicht beunruhigen. Es hört nach einigen Minuten von selbst auf, wenn Sie ruhig, gelassen und vor allem still bleiben.
- **Regelmäßiger Büroschlaf** erhält die Leistungsfähigkeit.
- **Versuchen Sie,** langsamer und bewusster mit links zu schreiben (wenn Rechtshänder).
- **Bemustern Sie** mit ihren Dienststempeln die weiße Tapete.

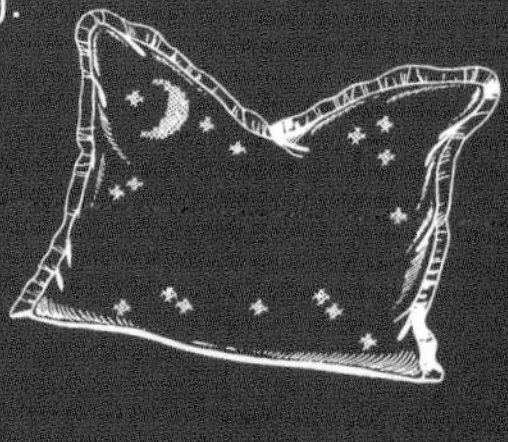

2. Beamtenumbettung

Laufbahn nennt sich irreführenderweise die berufliche Karriere des Beamtenpacks. Dabei erreicht das Aktenreptil seine sportliche Höchstleistung doch schon, wenn es mit seinem Kaffeepott einer rheumatischen Schildkröte gleich über den Amtsflur schlurft. Von laufenden Spitzenbeamten weit und breit keine Spur.

Es werden vier Laufbahngruppen unterschieden:

- unterer Dienst — Analphabeten verrichten einfachste körperliche Tätigkeiten
- mittlerer Dienst — Sonderschüler, denen man das Stempeln beigebracht hat
- gehobener Dienst — Sachbearbeiter, die lesen und schreiben können
- höherer Dienst — gescheiterte Abiturienten, bei denen es nicht für einen ordentlichen Beruf gereicht hat

Merke: Ein Beamter ist verpflichtet, behufs der Erhaltung seiner Arbeitskraft im Interesse des Dienstherrn jede Überarbeitung zu vermeiden, sog. Schonungserlass.

Die Beamtenlaufbahn beginnt mit irgendeiner Art von Ausbildung, die in zehntausend Ausbildungsverordnungen allergenauestens geregelt ist. Der Auszubildende braucht etwa drei Jahre für die Lektüre der Ausbildungsverordnungen, weshalb für weiteren Lernstoff keine Zeit mehr verbleibt. Anschließend erfolgt eine Probezeit, die man leicht übersteht, wenn man nur einfach nicht auffällt. An deren Ende winkt der heilige Gral jeder Beamtenkarriere: die Ernennung auf Lebenszeit. Danach kann dem Pensionsberechtigten nichts mehr passieren. Unkündbar kann er seinem Ruhestand entgegendämmern. Sobald er die Ernennungsurkunde in den Händen hat, beginnt der Vorruheständler, die Tage bis zur Pensionierung zu zählen. Der Unterschied zwischen einem aktiven Beamten und einem Pensionär ist übrigens vernachlässigbar.

Beamter, der [aus lat. beamtus]: der Pension entgegensitzender Mensch.

Alle paar Jahre winkt die Regelbeförderung, die automatische Beförderung allein aufgrund abgeleisteter Dienstjahre. In der freien Wirtschaft muss man

ICH BIN BEFÖRDERT WORDEN!
GUT, DASS NICHT JEDER SO 'N FEZ MACHT, WENN ICH IHN BEFÖRDERE!
HB

sich für den Aufstieg noch richtig anstrengen, in der Faultierfarm reicht dafür bloßes Nichtversterben aus.

Merke: **Beamte werden nicht befördert, sondern umgebettet.**

Die Beamtenlaufbahn endet mit der Versetzung in den Ruhestand. Damit vollzieht der Dienstherr nach, was der Unkündbare schon vierzig Jahre vorher bei seiner Ernennung auf Lebenszeit insgeheim für sich beschlossen hatte.

Beamte bekommen übrigens kein Gehalt, sondern eine Anwesenheitsprämie. Denn sie werden nicht für ihre Arbeit bezahlt, sondern alimentiert.

3. Anleitung zum Nichtstun

Niemand wird mit einem Stempel im Mund geboren. Deshalb muss der Beamtenanwärter zuerst etwas lernen. Zentraler Bestandteil der Ausbildung ist ein Sprachkurs Beamtendeutsch.

Studienplan für den Studiengang „Öffentliche Verwaltung" (StP/ÖV) der Fachhochschule für Verwaltung Aktenhausen vom 15.06.2007

Grundstudium

I. Dienst nach Vorschrift und andere hergebrachte Grundsätze des Berufsbeamtentums

II. Die wichtigsten 100000 Gesetze und Verordnungen

III. Arten von Bürgern: Störer und Nichtstörer

IV. Formen des Verwaltungshandelns: Gekonntes Abwarten contra Verwaltungsakt

V. Abbügeln von Dienstaufsichtsbeschwerden

VI. Aktenführung: Tackern, Lochen und Abheften ohne Dienstunfall

Hauptstudium

I. Verwaltungssprache für Anfänger
II. Verwaltungssprache für Fortgeschrittene – Begriffe, die niemand versteht
III. Verbenvermeidung durch Hauptwörterbildung
IV. Der Sprachschatz der Distanz – Wenn der Beamte zum Untertan spricht
V. Befehlston – Feldwebeldeutsch für Nichtgediente
VI. Verstaubtes Kanzleideutsch – Unverzichtbares aus der Kaiserzeit

Merke: Dienst nach Vorschrift ist die letzte Stufe vor dem absoluten Nichtstun.

Amtseid der Beamten

„Ich schwöre, dass ich meine Kraft dem Wohl der Akten widmen, ihren Nutzen mehren und Schaden von ihnen abwenden werde. Im Mittelpunkt meines gesamten zukünftigen Schaffens wird die Akte stehen. So wahr mir der Gott der Akten helfe."

4. Beamtenbiotop

Be|hör|de, die: Behörde im Sinne dieses Gesetzes ist jedes Gesuchstellerabfertigungsgebäude, das Aufgaben der öffentlichen Bürgerdemoralisierung wahrnimmt.
§ 1 Abs.4 VwVfG

Das Schnarchnasenzentrum ist das Biotop des Aktenreptils. Es fühlt sich in überheizten Räumen zwischen hellgrauen Sperrholzmöbeln und einem Ficus benjamini am wohlsten. Die Inneneinrichtung der hässlichen Zweckbauten ist den Rentenantragsformularen nachempfunden, nämlich trist und grau. In dieser Umgebung kann sich das blasse und bürgerscheue Verwaltungschamäleon perfekt tarnen. In seinem grauen Pullunder ist es so gut wie unsichtbar. Das ist wichtig, falls sich doch einmal ein Gesuchsteller durch verwinkelte Treppenhäuser und lange Flure in seine Amtsstube verirrt.

Bür|ger: im Sinne des Verwaltungsrechts Personen, die für eine Beeinträchtigung des Amtsfriedens durch Verursachung unnötiger Mehrarbeit verantwortlich sind.

Einziges Lebenszeichen ist in vielen Dienstzimmern die röchelnde Kaffeemaschine. Amtsstuben gelten wegen des ganzjährigen Winterschlafs ihrer Insassen als Ruheräume. Hier können die Akten in Ruhe Schimmel ansetzen, bevor sie nach Ablauf der Aufbewahrungsfrist endgültig vernichtet werden. Der gemeine Aktenoberrat verkonsumiert täglich Mengen des koffeinhaltigen Bohnenheißgetränks, die bei einem normalen Bürger zum sofortigen Herzstillstand infolge Koffeinvergiftung führen würde. Beim beamteten Faultier bewirkt das Koffein indes nicht mehr als ein nervöses Augenzucken bei ansonsten verbleibender Bewegungslosigkeit.

Daneben plärrt oft noch ein Radio mit nervtötender Schlagermusik. Viele Freizeittechniker können die Bild-Zeitung einfach nicht ohne Verblödungs-Lala lesen.

Den Tag verbringt das Aktenreptil am liebsten mit bewegungsarmen Tätigkeiten wie Kaffeetrinken, Blumengießen und Kreuzworträtsellösen. Der Beamte hat sich schließlich mit voller Hingabe seinem Amt zu widmen.

Zur professionell organisierten Bürgerabwehr jedes Tintenpisserhauptquartiers gehören verdreckte Wartebereiche. Diese sind die Sterbezimmer im Beamten-Mausoleum. Der Bittsteller muss zunächst eine Wartemarke ziehen. Auf die vergammelten Stühle zu setzen traut sich kaum jemand. Nach Aufruf an der Wandtafel, der mehrere Legislaturperioden auf sich warten lässt, wird er im entsprechenden Büro abgefertigt. Im rüden Ton wird dem Untertan die Erfüllung seiner Rechte und Pflichten so schwer wie möglich gemacht.

Merke: Behörden sind nicht dazu da, dem Bürger zu dienen, sondern ihn zu verwalten.

Meist endet der Besuch beim lebenden Aktenordner nach wenigen Sekunden schon wieder, weil man nicht das richtige Formular ausgefüllt oder vergessen hat, vorher eine Gebührenmarke zu kaufen. Also wieder raus aus der Amtsstube, das Gewünschte in dreifacher und beglaubigter Ausfertigung besorgen, neue Wartemarke ziehen und noch mal ein paar Jahre warten.

Merke: Wenn der Untertan ins Amt eingeladen wird, nennt man das „einbestellen". Kommt er unaufgefordert, ist er „vorstellig geworden". Die sprachliche Nähe zu „verrückt geworden" ist durchaus beabsichtigt.

Zentrales Ausstattungsmerkmal der Amtsstube ist das Stempelkarussell mit den Stempeln „Abgelehnt“, „Bewilligt“ und „Erledigt“. Damit lassen sich 90% aller Vorgänge abschließend bearbeiten.

Merke: Ein guter Stempel ist die Allzweckwaffe der Verwaltung.

Der Dienstweg ist nicht gestreut

Eine Schnecke und ein Beamter machen sich zur gleichen Zeit auf den Weg von A nach B. Wer kommt zuerst an?
Natürlich die Schnecke! Der Beamte muss den Dienstweg einhalten!

Der Begriff Dienstweg bezeichnet den für die Abwicklung behördlicher Angelegenheiten vorgeschriebenen, möglichst komplizierten Weg. Wenn Beamter A dem Beamten B auf dem gleichen Amtsflur etwas mitteilen will, darf er dies nicht direkt tun, sondern muss den Weg über die jeweils zuständigen Vorgesetzten oder übergeordneten Dienststellen gehen. Das kann Jahre dauern. Vorteil der Einhaltung des Dienstweges ist, dass mancher mitteilende Beamte beim Eingang der Rückantwort, die wieder Hunderte Hürden des Dienstweges passieren muss, schon frühpensioniert ist. Ganz Schlaue schicken gleich die ganze Akte auf den Dienstweg. Mit etwas Glück werden sie sie nie wieder sehen.

Allgemeine Geschäftsordnung für die Behörden des Freistaates Bayern (AGO) vom 12. Dezember 2000

§ 4
Zuständigkeit

(1) Vor der erstmaligen Befassung mit einem Vorgang ist die eigene Zuständigkeit sorgfältig zu prüfen.

(2) Im Zweifel ist von der eigenen Unzuständigkeit auszugehen.

(3) [1]Bei Unzuständigkeit hat jede weitere Befassung mit der Sache unverzüglich zu unterbleiben. [2]Wendet sich ein Bürger an eine nicht zuständige Stelle, hat jeder Hinweis auf die eigentlich zuständige Stelle zu unterbleiben.

§ 5
Bürgerdistanz

(1) Die Behörden sollen für die Bürger persönlich, telefonisch, schriftlich, per Telefax und elektronisch unerreichbar sein.

(2) [1]Während der Geschäftsstunden nach § 6 Abs. 1 Satz 1 können Rechtsbehelfe, Anträge und sonstige Erklärungen, die an Fristen gebunden oder besonders dringlich sind, entgegengenommen werden. [2]Bei behaupteter Eilbedürftigkeit hat der Beamte seine eigene Zuständigkeit gemäß § 4 besonders eingehend zu prüfen.

(3) [1] Die gewissenhafte und unparteiische Erfüllung der Amtspflichten erfordert ein distanziertes Auftreten gegenüber dem Bürger. [2] Distanzlosigkeiten jeder Art, wie etwa Händeschütteln, sind zu vermeiden. [3] Dies gilt ebenfalls für jedes nach außen sichtbare Anzeichen von Wohlwollen. [4] Im direkten Bürgerkontakt hat der Beamte eine ernste, der Würde des Amtes angemessene Miene aufzusetzen.
(4) Die Bürgerdistanz der Behörden ist stetig zu verbessern.

§ 6
Geschäftsstunden

(1) [1] Behörden mit Besucherverkehr sollen an Amtstagen von 11.00 Uhr bis 11.30 Uhr geöffnet sein. [2] Die Amtstage, es dürfen höchstens zwei im Monat sein, legt der Behördenleiter nach eigenem Ermessen fest. [3] Kürzere Sprechzeiten können, soweit dienstliche Belange es erfordern, abweichend von Satz 1 festgelegt werden.
(2) [1] Außerhalb der Geschäftsstunden ist die Eingangstür fest verschlossen zu halten. [2] Gegebenenfalls ist durch den Einsatz von Wachtmeistern sicherzustellen, dass keine Bürger zur Unzeit in die Behörde eindringen können.

§ 7
Verbescheidung

[1] Die Vorgänge sind durch Verbescheidung einer Erledigung zuzuführen. [2] Zu diesem Zwecke sind die Akten schrittweise mit der gebotenen Sorgfalt zu bearbeiten. [3] Die sorgfältige Aktenbearbeitung kann durchaus einige Zeit in Anspruch nehmen.

Behördenmarathon

Das Internationale Olympische Komitee hat den Behördenmarathon endlich als neue Sportart zugelassen. Das Ämterspießrutenlaufen ist eine Ausdauersportart, bestehend aus einem Mehrkampf in den Disziplinen „Von-Amt-zu-Amt-Rennen", „Stapelweise-Formulare-Ausfüllen" und „Lange-Anstehen-mit-ununterbrochener-Zeitnahme".

Der Bürostuhl

Wer während der Arbeit einschläft, vom Bürostuhl fällt und sich dabei verletzt, hat dann einen Arbeitsunfall erlitten, wenn er infolge betrieblicher Überarbeitung vom Schlaf übermannt wurde.

Urteil des Sozialgerichts Dortmund vom 22.09.1998,
Aktenzeichen S 36 U 94/97

Übrigens eignen sich Stempelkissen nicht wirklich gut für den Büroschlaf. Sie verursachen blaue Abdrücke auf der Wange.

Der Stift

Ganz wichtig für Beamte ist die Benutzung des richtigen Stifts. In Anlage 2 zu § 13 Abs. 2 Gemeinsame Geschäftsordnung der Bundesministerien (GGO) ist detailliert geregelt, welcher Beamte welchen Stift zu benutzen hat:

Bundesminister .... Grünstift

Parlamentarischen Staatssekretär..... Violettstift

Finanzminister.................................... Rotstift

Abteilungsleiter .... Blaustift

Unterabteilungsleiter .... Bleistift

Beamter.. unsichtbare Tinte

III. Behördisch für Fortgeschrittene

Der das Beamtendeutsch kennzeichnende Aktensprachschatz, der Substantivierungswahn und das verstaubte Kanzleideutsch lassen sich noch ein wenig verbösern.

1. Gesetzesfolter am Satzanfang

Das Eques Paragraphicorum (lat. der Paragrafenreiter) holt zu Beginn seiner Texte gerne die Gesetzeskeule aus dem Aktenschrank. Soll der Bürger ruhig gleich zu Anfang merken, dass er in einem Land lebt, wo alles außer kräftigen Zahlungen an den Staatssäckel bei strenger Strafe verboten ist!

Gemäß Art. Artikel 1 Nr. 6, Nr. 11 Buchstabe a, Nr. 13, Nr. 14 Buchstabe b, Nr. 16 Buchstabe b Doppelbuchstabe aa, Nr. 18, Nr. 19, Nr. 24, Nr. 26 Buchstabe c und d, Nr. 29, Nr. 36, Nr. 38, Nr. 40, Nr. 42, Nr. 43 Buchstabe a, soweit Absatz 1c aufgehoben wird, des Kostengesetzes (KG) i. d. F. der Bek. vom 25. Juni 1969 (BayGVBl. S. 165), zuletzt geändert durch Gesetz vom 24. August 2007 (BayGVBl. S. 561), i. V. m. dem 2. Teil des Kostenverzeichnisses, Tarif-Nr IV, 8, 2a (Verordnung über den Erlass des Kostenverzeichnisses zum Kostengesetz vom 27. Dezember 1956) – BayBS III S. 446, ber. BayGVBl. 1957, S. 48 –, zuletzt geändert durch Verordnung vom 9. Juni 1978 (BayGVBl. S. 344, ber. S. 519), wird für das Anfertigen von drei Fotokopien folgende Gebühr festgesetzt: 0,60 EUR.

Der Paragrafen-Klugscheißer schreibt einfach den gesamten Gesetzestext ab und stellt ihn an den Satzanfang. Dabei nimmt er an, dass der Rechtsunterworfene rechtsgeschichtlich interessiert ist, und gibt ihm ein paar wertvolle Hinweise auf die Geschichte des Gesetzes („... in der Fassung der Bekanntmachung vom 28.01.1899 [RGBl. I. S. 27, zuletzt geändert durch ...]). Die Geheimsprache des Paragrafendschungels hat natürlich den Zweck, den Störer gleich zu Beginn so einzuschüchtern, dass er die Behördenentscheidung ganz am Schluss widerspruchslos hinnimmt.

Dabei hat der Förster des Paragrafendschungels die freie Auswahl zwischen 100000 Gesetzen und Verordnungen. Abertausende verbeamtete Kreativlinge in Berlin und Brüssel sind ständig mit der Aufforstung beschäftigt. In guten Erntejahren werden allein vom Bund über 500 neue Gesetze und Verordnungen erlassen. Es gilt das Leben der Bürger mit immer detaillierteren Gesetzen zu bevorschriften. Wie nach lästigen Fliegen halten die Sesselfurzer Ausschau nach Regelungslücken, um sie dann sofort mit der Klatsche eines neuen Gesetzes zu zerschmettern. Die dabei entstehenden Perlen legislativer Kunst schrecken schon durch unverständliche Titel ab:

- Wahlleiterkündigungsausspruchslegitimationsrichtlinie (WlKüaulegRiLi),
- Bundesfernstraßenbauprivatfinanzierungsgesetz (FStrPrivFinG),
- Rinderkennzeichnungs- und Rindfleischetikettierungsüberwachungsaufgabenübertragungsgesetz (RkReÜAÜGM-V).

„Der Abbau von Bürokratie ist zwingend notwendig, nur fehlen uns dazu die nötigen Beamten."

Politikerzitat

Das Zitat ist natürlich nicht ernst gemeint. Die Politiker träumen in Wirklichkeit vom XXL-Staat mit noch mehr Verbotsnormen, größeren Behörden und einem gigantischen Beamtenheer. Die Aktion **Fetter Staat** sichert schließlich auch die eigene Existenz.

2. Typisches Amtsdeutsch

Zum typischen Spreizsprech gehören Partizipien wie vorbezeichnet, nachfolgend und betreffend.

„Zur Aufklärung der vorbezeichneten Ordnungswidrigkeit werden Sie aufgefordert, nachfolgende Fragen unverzüglich und vollständig einer Beantwortung zu unterziehen."

Zu den veralteten Kanzleiausdrücken gehören auch Adverbien mit hier- und -seits.

„Aufgrund der hieramts geführten Akten wird bestätigt, dass ..."

„Diesbezüglich liegen finanzamtlicherseits keine neuen Erkenntnisse vor."

Auch das Papierwort *seitens* ist sehr beliebt.

„Personen, denen das Einsichtnehmen in die Akten durch eine ausdrückliche Anordnung seitens der Justizverwaltung gewährt wurde ..."

3. Satzungeheuer

Der Verwaltungsfritze hat eine Vorliebe für Schachtelsätze. Ein Grundbaustein der Unverständlichkeit ist, möglichst viele Informationen in einen langen, unübersichtlichen Satz zu packen. Hier aus Platzgründen nur ein ganz kleines Satzungeheuer:

Eine solche Versagung eines begünstigenden Verwaltungsaktes, d.h. eine Versagung des Zeugnisses, kann zwar das Selbstwertgefühl des Betroffenen und seiner nächsten Angehörigen berühren, zumal wenn es – wie dies bei leistungsschwachen Prüflingen, die sich an der Grenze des zum Prüfungserfolg fachlich Notwendigen bewegen, nicht selten zutrifft – mit einem Defizit an Selbstkritik gepaart ist.

(Aus einem Urteil des Verwaltungsgerichtshofs Baden-Württemberg)

4. Vor-/Nachsilben – Der Beamtendeutsch-Silbenbastelbogen

Kanzleibegriffe werden vorwiegend gebildet, indem eine Vor- oder Nachsilbe mit einem noch verständlichen Wort kombiniert wird. Heraus kommt dann ein schwer verständlicher Fachausdruck.

AUS-

AUSFERTIGUNG: Abschrift der Urschrift, häufig eine Fotokopie.

AUSTERMINIERT: Der Beamte hat wegen zu vielen Terminen keine Zeit.

AUSANTWORTUNG: Strafgefangener wird vorübergehend der Polizei übergeben.

BE-

BEAMPELUNG: Aufstellen von Ampeln an einer Kreuzung.

BENUMMERUNG: Absätze werden nicht einfach nummeriert, sondern fortlaufend benummert.

BESCHULUNG: Schüler werden heute nicht mehr unterrichtet, sondern beschult. Nachmittags werden sie von den Eltern *bespaßt*.

BEI-

BEIBRINGEN: Der Beibringungsgrundsatz besagt, dass der Bürger alle relevanten Tatsachen vorzubringen hat.

BEIHILFE: Entweder wird man angeklagt, jemandem bei seiner Straftat geholfen zu haben, oder der Dienstherr zahlt Geld an den kranken Beamten.

BEISITZEN: Kommt von Beischlaf, der Beisitzer sitzt bei einer Verhandlung nur schlafend daneben.

ENT-

ENTSCHEIDUNGSREIFE: Sollte aus Beamtensicht besser nie eintreten.

ENTVATERN: Feststellung der Nichtvaterschaft durch Bluttest.

ENTBÜROKRATISIERUNG: Albtraum aller Beamten, weil dadurch die Entbeamtung droht.

-FALL

BEHINDERUNGSFALL: Der eigentlich zuständige Beamte ist verhindert, oder vielleicht doch behindert?

ÜBERTRETUNGSFALL: Ein empfindliches Bußgeld ist verwirkt.

UNVERMÖGENSFALL: Wer die Geldstrafe nicht zahlt, muss in den Knast.

FREI-

FREISTELLUNG: Befreiung einer Person von einer organisierten Veranstaltung (z. B. Unterricht in der Schule).

FREISTELLUNGSBESCHEID: Bescheinigung, dass keine Steuer geschuldet wird.

FREIHEIT: Illusion des Untertanen, dass er selbst über sein Leben entscheidet und nicht die 4 Millionen Beamten.

-LICH

AUSWEISLICH: In unseren Akten steht alles!

SCHRIFTFÖRMLICH: Wegen der Aktenmäßigkeit der Verwaltung erwartet der Beamte, dass der Untertan seine Anliegen schriftlich vorbringt.

BÜRGERFREUNDLICH: Der Beamte soll lächeln, wenn er das Fallbeil der Antragsablehnung herunterrauschen lässt.

-MÄSSIG

BESCHLUSSMÄSSIG: Bürgeranliegen werden beschlussmäßig behandelt, d.h. mittels Beschluss abgelehnt.

UNVERHÄLTNISMÄSSIG ist alles, was der Bürger an Behördenmaßnahmen erwartet.

VORSCHRIFTSMÄSSIG ist grundsätzlich nichts, was Sie als Bürger tun.

-MASSNAHME

ERZIEHUNGSMASSNAHME: Kinder werden nicht mehr erzogen, sondern einer Erziehungsmaßnahme unterzogen.

GEFAHRENABWEHRMASSNAHME: Polizeilicher Entstörungsdienst wird tätig.

VERKEHRSSICHERUNGSMASSNAHME: Entfernung der Bananenschalen auf den Amtsfluren.

BIOTOPPFLEGEMASSNAHME: Gärtnern im Naturschutzgebiet.

ÜBERLASTUNGSABWEHRMASSNAHME: Aktenverbrennen zu Hause.

OBSERVIERUNGSMASSNAHME: Horch und Guck durch Polizei.

-NAHME

INAUGENSCHEINNAHME: Der Beamte sieht sich etwas an.

SCHMIERGELDANNAHME: Ausgleich für karge Besoldung.

INGEWAHRSAMNAHME: Der Räuber wird vom Gendarmen gefangen und in die Zelle gesteckt

NICHT-

NICHTANWENDUNGSERLASS: Das Bundesfinanzministerium weist die Finanzämter an, steuerzahlerfreundliche Urteile des Bundesfinanzgerichtshofs nicht anzuwenden.

NICHTGEWÄHRUNG: Nein, du kriegst es nicht!

NICHTSTÖRER: Personen, die gerade keine Störung der öffentlichen Sicherheit und Ordnung verursachen. Für Polizei und Ordnungsamt uninteressant.

-SEITIG

AMTSSEITIG: „Seitens des Amtes" wäre zu lang.

VERWALTUNGSSEITIG gilt es, dem Untertanen das Leben so schwer wie möglich zu machen.

VERFASSUNGSSEITIG: Interessant ist eigentlich nur der Schutz des Berufsbeamtentums in Art.33 Abs.5 GG

UN-

UNANFECHTBARKEIT: Jetzt wiehert der Amtsschimmel bis zum Sankt-Nimmerleins-Tag, der Verwaltungsakt ist bestandskräftig.

UNBEDENKLICHKEITSBESCHEINIGUNG: Das Amt hat ausnahmsweise mal keine Bedenken.

UNERLAUBT: Synonym von verboten, dem Lieblingswort aller Beamten.

-UNG

INVERKEHRBRINGUNG: Ein Produkt oder eine Droge wird in den Verkehr gebracht.

UMVATERUNG: Nach Vaterschaftstest erhält das Kind einen neuen Vater.

VER-

VERBESCHEIDUNG: Antrag wird abgelehnt.

VERBÖSERUNG: Es wird alles noch viel schlimmer.

VERBEAMTUNG: Lebensziel aller Bürokraten.

VERABSÄUMEN: Wieder eine Chance verpasst.

Sieglinde S. kehrt nach 25 Jahren Hausfrau und Mutter an ihren Arbeitsplatz zurück und wird gleich Frauenbeauftragte.
Zi 13
A-E
MOIN!

5. Akü-Wahnsinn

Ein unverzichtbarer Baustein behördlicher Unverständlichkeit ist der Abkürzungsfimmel. Er erschwert trefflich das Lesen von amtlichen Schreiben. Die maximale Unverständlichkeit wird mit Abkürzungen erreicht, hinter denen sich mehrere Bedeutungen verbergen. So kann „Abl." Amtsblatt, Ablichtung, Ablage oder Alte Bundesländer bedeuten. Selbstredend werden die Abkürzungen an keiner Stelle erklärt. Schließlich will der Stempelkissengelehrte den Bürgerblödmann seine überlegene Fachkenntnis der Verwaltungssprache spüren lassen.

a.a.O.	am angeführten Ort oder Amtsanschlussorgan
Abl.	Amtsblatt, Ablichtung, Ablage oder Alte Bundesländer
a.D.	außer Dienst, d.h. Lebenszeitbeamter
a.F.	alte Fassung
AG	Ausführungsgesetz, Amtsgehilfe, Amtsgericht oder Aktiengesellschaft

AusfBest.	Ausführungsbestimmung
AV	Allgemeine Verfügung, Altersversicherung oder Analverkehr
Az.	Aktenzeichen, Abrechnungszeitraum oder Azerbaidschan
BASS	bezeichnet keine tiefe Stimme, sondern die Bereinigte Amtliche Sammlung der Schulvorschriften
BesGr	Bestechungsgrund oder Besoldungsgruppe
BSD	Besonders schwerer Diebstahl oder Blutspendedienst
BV	Beschuldigtenvernehmung oder Bauvorschrift
Diszi	Disziplinarverfahren
DV	Durchführungsverordnung oder Datenverarbeitung
EMA	Einwohnermeldeamtsanfrage oder Einbruchmelde-Anlage
Erl.	Erlass oder Erläuterung
ff.	fortfolgende, Freiwillige Feuerwehr oder Viel Vergnügen!
FuKrad	Funkkraftrad, d.h. Motorradstreife
GG	Geschäftsgang oder Grundgesetz
g.g.u.	gelesen, genehmigt und unterzeichnet

GV	Gerichtsvollzieher oder Geschlechtsverkehr
HB	Haftbefehl, Handelsbilanz, Hansestadt Bremen oder Hofbräuhaus
h.M.	herrschende Meinung oder Hennes & Mauritz
HWG	häufig wechselnde Geschlechtsverkehrspartner, Polizeijargon für Prostituierte
i.d.F. der Bek.	In der Fassung der Bekanntmachung
i.d.R.	in der Regel
i.S.	im Sinne, in Sachen oder „I'm sorry“
i.V.m.	in Verbindung mit oder Institut für Verwaltungs-Management
JA	Jugendamt, Justizangestellter oder Antonym von „Nein“
L-G/hFSDBWFSV	Verordnung über die Laufbahnen des gehobenen und höheren Fachschuldienstes an Bundeswehrfachschulen
m.d.W.d.G.b.	mit der Wahrung des Geschäftsbereichs beauftragt

m.w.N.	mit weiteren Nachweisen
n.F.	neue Fassung, neue Folge
N.N.	nomen nominandum (Name zu benennen)
OWi	Ordnungswidrigkeit
pp.	perge perge (lateinisch) = und so weiter oder persönliches Pech
RA	Rechtsanwalt, Regierungsamtmann oder einfach Riesenarschloch
RdSchr	Rundschreiben
RTK	Rundumlicht-Ton-Kombination, gemeint sind Blaulicht und Sirene
s.a.	siehe auch, Samstag oder Sachsen-Anstalt
Stpfl.	Finanzamtsopfer
StVO	Strafzettelverordnung
u.a.m.	und anderes mehr
u.U.	unter Umständen oder und Umgebung
VA	Verwaltungsakt, Vollstreckungsauftrag, Verkehrsanzeige oder Vatikan

v.A.w.	von Amts wegen (machen wir nie etwas)
VÄndVVÄndVVV	Erste Verordnung zur Änderung der Vierten Verordnung zur Änderung der Verfütterungsverbots-Verordnung
WV	Wiedervorlage. Der Beamte hat jetzt keine Lust auf die Akte, hofft aber auf einen Motivationsschub in ein paar Monaten
zw.	Zweifelhaft, zwischen, Zweibrücken oder Zimbabwe
z.w.V.	zur weiteren Veranlassung oder zur Wiederverwendung

IV. Die Verbescheidung des Untertanen

1. Schriftgut zwischen Aktendeckeln

Papier ist geduldig, weiß das Verwaltungsreptil und legt bei einkommenden Bittschriften aller Art immer erst mal eine Akte an. Nicht, dass der König des Stempelkarussells darüber hinaus irgendwelche Aktivitäten entfalten würde. Er legt die Sache *ad acta,* das heißt, er betrachtet die lästige Eingabe als erledigt. Abgeheftet, erledigt, vergessen.

Ak|te
Bei Akten handelt es sich um Unterlagen, die in Ordnern, Heftern und anderen „Aktendeckeln" aufbewahrt und üblicherweise als Akte bezeichnet werden.
BAG NJW 1984, S. 2910

Auf dem Aktendeckel prangt ein Aktenzeichen, meist eine ellenlange Buchstaben- und Zahlenkombination, wie etwa 10 VIII 7957234517487908845 62 34365786/08-B XY ... ungelöst. Das Formularfickerzentrum verlangt selbstredend die Angabe des Aktenzeichens bei allen Eingaben. Ohne dieses kann der Verwaltungsfuzzi die unbearbeitete Akte leider nicht wieder aus dem Archiv holen, und die erneute Eingabe wird gleich vernichtet.

Die Füllung zwischen den Aktendeckeln nennt der Papierokrat Schriftgut. Obwohl mancher Gesuchsteller auch eine ganz schlechte Schrift hat. Egal, auch die handgeschriebene Sauklaue wird beim Einheften in die Akte zum Schriftgut.

Für den Bewohner des Pullunderhabitats existiert die wirkliche Welt nur, so weit sie aktenkundig geworden ist. Was nicht in der Akte steht, existiert nicht, sog. Aktenmäßigkeit der Verwaltung.

Merke: Aktenlage bezeichnet den Neigungswinkel einer Akte im Regal.

Frage: *Was ist ein elektrisches Werkzeug zum Vernichten von dünner, in Form von Blättern vorliegender Zellulose* $(C_6H_{10}O_5)_n$*?*
Richtig, ein Aktenvernichter, der Wunschtraum aller Arbeitsvermeider beamtlicherseits.

Grundsatz der Aktenbearbeitung

Jede Aufgabe ist darauf zu überprüfen, ob sie verzichtbar ist.

§ 2 Abs.2 Satz 1 Verwaltungsmodernisierungsgrundsätzegesetz (VerwModGrG)

2. Einkommende Bittschriften

Immer wenn der Untertan etwas von Obrigkeit will, zum Beispiel sich einen neuen Lebensberechtigungsschein ausstellen lassen, muss er einen Antrag stellen. Beim Wort Antrag fällt dem Gesuchstellerabfertiger spontan und geradezu zwanghaft nur „Der Antrag wird abgelehnt!" ein. Der Stempelkissenfürst hat die Macht, mit einem Federstrich über Leben und Tod zu entscheiden. In seinem Amtsbereich ist er der König. Doch viele Bittsteller behandeln den Amtsträger geringschätzig. Lieblos hingehauene Anträge ohne die rechte Bewunderung für die Aufopferung des Beamten im Dienst sind der Hauptgrund für abgelehnte Anträge. Manchmal klingt sogar etwas wie Beamtenhass an. Mit einer Prise Wertschätzung des Beamten lassen sich auch aus hoffnungslosem Unterfangen Bewilligungsbescheide machen.

Einleitungssätze eines Beamtenflüsterers sind:

„Ich ersuche ganz ergebenst ..."
„Ich richte untertänigst die ergebenste Bitte an die hohe Regierung ..."
„Ich gestatte mir die ergebenste Bitte an ..."

Auch bei den Schlusssätzen kann eine devote Haltung nicht schaden:

„Ich verharre mit schuldiger Ergebenheit."
„Ich hoffe, keine Fehlbitte getan zu haben."
„Einer baldigen, günstigen Antwort entgegensehend, zeichnet mit der größten Hochachtung ..."

Ganz wichtig ist, sich am Schluss für die Mühe der Verwaltung zu bedanken. Ein dienstliches Tätigwerden ist für das Aktenreptil schließlich nicht selbstverständlich.

„Für ihre geschätzte Mühewaltung bereits jetzt meinen verbindlichsten Dank!"

Dann fehlt nur noch eine ergebene Grußformel:

„In tiefster Ehrfurcht alleruntertänigst Ihr treugehorsamster ..."

Mancher Untertan macht den Fehler, den phlegmatischen Bescheidpinsler durch vorschnell behauptete Eilbedürftigkeit zu verärgern. Denn der staatliche Nichtstuer hat „eilt" aus seinem Wortschatz gestrichen und mit „es dauert drei Monate" ersetzt. Eine Akte gleich und sofort zu bearbeiten gilt schließlich als schlimmes Dienstvergehen. Deshalb sollten Sie bei

Behördenanliegen nie Wörter wie „Eilt!", „Dringend!" und „Sofort!" verwenden. Solche Eilvermerke werden ausnahmslos ignoriert, und die Akte kommt ganz nach unten in den Stapel.

Und niemals, wirklich niemals sollten Sie Beschwerde wegen Untätigkeit des Beamten erheben, denn diese verzögert die Bearbeitung eines Antrags nur, weil erst die Beschwerde durch die Dienstaufsicht bearbeitet werden muss. Untätigkeitsbeschwerden werden zudem grundsätzlich immer abgeschmettert, denn über den Normalfall kann man sich nicht beschweren.

Merke: Nur Behörden setzen Bürgern Termine. Nie umgekehrt.

3. Es gibt für alles ein Formular

In Ermangelung von amtlichen Vordrucken ist die unverzügliche Beschaffung derselben zu bewirken.

Ministerialerlass

Ziel des ausgestopften Aktenreptils ist die Vermeidung jeglicher Arbeit. Deshalb drückt er dem Antragsteller immer erst mal ein Formular in die Hand. Was nicht in ein Formular passt, existiert nicht. Erst das richtig ausgefüllte Formular bringt die Mühlen der Bürokratie zum Mahlen. Vordruckwidrige Eingaben werden postwendend unerledigt zurückgesandt. Ein nicht unerheblicher Teil der Bittsteller lässt sich bereits mit einem ausreichend komplizierten Formular von der weiteren Verfolgung seines Anliegens abbringen.

Frage: Wie sieht der optimale Amtsvordruck aus?

Antwort: Lang, klein gedruckt und unverständlich.

Schon eine einfache Auskunft erfordert das Ausfüllen eines zehnseitigen Vordrucks. Haben Sie vielleicht eine Frage zu dem Formblatt? Die wird das Aktenreptil kaum beantworten, sondern stattdessen die fünfzigseitige Ausfüllanleitung über den Schreibtisch schieben. Wird bei einzelnen Fragen noch ein „Ja“ angekreuzt, brauchen Sie noch einen Festmeter Zusatzformulare.

Persönliche Angaben zum Antrag sind freiwillig. Allerdings kann der Antrag ohne persönliche Angaben nicht weiterbearbeitet werden.

Formular im Postgirodienst

Es ist unglaublich, welcher Formularaufwand im überbürokratisierten Deutschland notwendig ist. Wer sich alle Rentenantragsformulare besorgt hat, hat schnell mehrere Kubikmeter Altpapier bei sich zu Hause rumliegen. Genug für die eigene Feuerbestattung. Am besten, man beginnt mit dem Formularausfüllen schon bei der Einschulung, will man noch in den Genuss der Verrentung kommen.

Deutsche Rentenversicherung

Antrag auf Kontenklärung

4. Zeiten und Sachverhalte im Beitrittsgebiet

4.1. Wurden Zeiten und Sachverhalte im Beitrittsgebiet zurückgelegt?

❍ nein, bitte weiter bei Frage 83 ❍ ja

falls ja, ist die zurückgelegte Strecke im Behindertenausweis vollständig enthalten?

❍ nein, bitte die Vordrucke V700-V748 ausfüllen und beifügen.

❍ ja, bitte Behindertenausweis beifügen und die Fragen 4.2 bis 4.99 beantworten.

Ein Beamter, der seine eigenen Formulare versteht, wird zum Oberamtsrat befördert.

Ordnung ist für den Klarsichthüllenmenschen das halbe Leben. Deshalb benutzt er auch in privaten Angelegenheiten Formulare. Nachfolgend das Beispiel eines Heiratsantrags:

HABEN SIE AUCH DEN ARTIKEL ÜBER „LIEBE IM BÜRO" GELESEN, HERR MEYER?
ICH... ÄH... ICH KANN GAR NICHT LESEN, FRL. KOSLOWSKI.
A - E

Formblatt 08/15

Zutreffendes bitte ankreuzen
Bitte nur in BLOCKBUCHSTABEN ausfüllen!

Herr ____________________
(Antragsteller)

An Frau ________________
(Antragsgegnerin)

Eingangsvermerk der Antragsgegnerin

Heiratsantrag

Hiermit ersucht der Antragsteller Fräulein _________ in ergebenster Zuneigung ihre Zustimmung zu dem personenrechtlichen Dauerrechtsverhältnis des Brautstandes – kurz Verlöbnis – zu erteilen.

Begründung des Antrags:

- ❍ Herstellung geordneter Verhältnisse
- ❍ Steuerersparnis
- ❍ Kinderwunsch

❍ Einverständniserklärung des Brautvaters liegt vor

❍ Es soll eine Überraschung werden

Voraussichtliche Dauer des Verlöbnisverfahrens:

❍ 3 Monate ❍ 6 Monate ❍ 9 Monate ❍ 1 Jahr
❍ 2 Jahre ❍ lebenslänglich

Voraussichtlicher Vorstellungstermin beim Standesamt:

____

Art der beabsichtigten Trauung: ❍ standesamtlich
❍ kirchlich
❍ familiengerichtlich
(zusammen mit Scheidung)

Ehevertrag: ❍ ja ❍ nein
Kinderwunsch: ❍ ja ❍ nein
falls ja, Anzahl: _____

Annahmefrist: Dieser Antrag kann innerhalb einer Frist von 14 Tagen angenommen werden. Eine Annahme nach Fristablauf ist präkludiert.

____
(Unterschrift Antragsteller)

Erklärung der Antragsgegnerin:

Ich nehme den Heiratsantrag an ❍ ja ❍ nein

❍ ja, unter folgenden Auflagen, Bedingungen und Nebenbestimmungen:

____

____

____

____

____

____

____

____

____

(Unterschrift Antragsgegnerin)

Rechtsbehelfsbelehrung:

Die Freiheit der Eheschließung wird durch dieses Heiratsversprechen aufgehoben. Es kann abweichend von § 1297 Abs.1 BGB auf Eingehung und Vollzug der Ehe geklagt werden. Nach Annahme des Antrags durch die Antragsgegnerin kann keine der beiden Parteien vom Verlöbnis zurücktreten. Weitere Rechte der Annehmenden: – keine –.

4. Dem Bürger Bescheid sagen

„Die meisten Vorgänge erledigen sich von selbst, wenn man sie nur lange genug liegenlässt".

Alte Beamtenweisheit

Im Allgemeinen dämmert der Verwaltungszausel im Halbschlaf dem Vorruhestand entgegen. Ab und zu aber gibt eine Behördenschnecke Lebenszeichen an die Außenwelt: Sie will dem Bürger Bescheid sagen und erlässt deshalb einen Verwaltungsakt. Der Bescheid ist das Ziel allen Behördenstrebens. Mit der Verbescheidung wird der Vorgang abgeschlossen und die Akte kann endlich ins Archiv. Die Krönung des Beamtenschaffens wird nicht einfach geschrieben, sondern *erstellt.*

„Mit der Erstellung der Verbescheidung des mit Bezugsschreibens gestellten Antrags kann in Bälde gerechnet werden."

Stadt Finsterwalde
Ordnungsamt

Frau Michaela Musterfall
Pechhüttenstraße 7
03238 Finsterwalde

Aktenzeichen: 4747896359gz457034/2007-B-6ß09457

Bußgeldbescheid

Betreffs des Ordnungswidrigkeitenverfahrens gegen Sie werden folgende Strafen verhängt:

1. Es wird eine Geldbuße festgesetzt in Höhe von 1.000 EUR (§ 17 Ordnungswidrigkeitengesetz (OWiG)).
2. Die Kosten des Verfahrens in Höhe von 1.000 EUR werden Ihnen auferlegt (§ 105 OWiG i.V.m. §§ 464 Abs.1. 465 Strafprozessordnung [StPO]).
3. Für diesen Bußgeldbescheid wird eine Gebühr festgesetzt in Höhe von 150 EUR (§ 107 Abs.1 OWiG).
4. Der zu zahlende Gesamtbetrag beläuft sich auf 2.150 EUR (in Worten: ZWEITAUSENDEINHUNDERTFÜNFZIG).

Gemäß §§ 27 Abs.1 Nr.3 a, 20 des Gesetzes über das Halten und Führen von vierbeinigen, domestizierten fleischfressenden Säugetieren aus der Familie Canidae (Hundegesetz) vom 26.01.2007 i.d.F. der Bek. vom 15.02.2007, zuletzt geändert durch Gesetz vom 20.08.2007, i.V.m. § 1, 4 der Verordnung zum Gesetz über das Halten von vierbeinigen, domestizierten fleischfressenden Säugetieren aus der Familie Canidae (Hundeverordnung) vom 30.03.2007 handelt ordnungswidrig, wer entgegen § 20 außerhalb des eigenen eingefriedeten Besitztums die festen Ausscheidungen des Enddarms des Hundes nicht aufnimmt und entsorgt.

Sie haben es als Halterin des Hundes Stinky pflichtwidrig unterlassen, die Stoffwechselendprodukte ihres Hundes aufzunehmen und ordnungsgemäß zu entsorgen, nachdem dieser am 01.10.2007 in der Grünanlage Fasanenglück abgekotet hat.
Der Verstoß gegen die Exkrementbeseitigungspflicht kann nach Maßgabe der §§ 27 Abs.1 Nr.3 a, 20 Hundegesetz mit einem Bußgeld von bis zu 100 EUR geahndet werden. Das Bußgeld wird auf 1.000 EUR festgesetzt.

Hinweis für Wiederholungstaten:
Das Ordnungsamt kann die Tötung eines Hundes anordnen, wenn Tatsachen die Annahme rechtfertigen, dass der Hund auch in Zukunft eine Gefahr für die Sauberkeit der öffentlichen Wege und Grünanlagen darstellt. Die Kosten der Tötung fallen dem Halter zur Last.

Beweismittel:

1. Zeugnis des Ordnungsamtsmitarbeiters Sauber
2. Asservat (80g, bräunliche Konsistenz, verbeutelt)

Linksbehelfsbelehrung

Dieser Bußgeldbescheid wird rechtskräftig und vollstreckbar, wenn Sie nicht INNERHALB VON ZWEI WOCHEN vor seiner Zustellung schriftlich oder zur Niederschrift bei der oben genannten Behörde Einspruch eingelegt haben.
Bei einem Einspruch kann und wird das Bußgeld verdreifacht werden. Auf die Verböserungsgefahr wird deshalb hiermit ausdrücklich hingewiesen.
Bei Zahlungen, Einsprüchen oder sonstigen Eingaben ist zur Bearbeitung die peinlichst genaue Angabe des oben genannten Aktenzeichens unerlässlich. Bei Nichtbeachtung werden die unverzügliche Vernichtung des Eingangs sowie die strenge Bestrafung des Absenders erfolgen.

Hochachtungsvoll
im Auftrag

(Meier)

5. Sagen und Meinen

DER AKTENGEIER SAGT:	UND ER MEINT:
Ihr Antrag wird bearbeitet.	Von den Holzwürmern im Archiv.
Wir werden zu gegebener Zeit auf ihre Eingabe zurückkommen.	Die Zeit kann auch erst in 100 Jahren „gegeben“ sein.
Dafür bin ich nicht zuständig.	Eigentlich doch. Es ist mir aber lieber, wenn Sie nach meinem Vorruhestand wiederkommen.
Die Gründe des Antragstellers werden für unbehelflich erachtet.	Völliger Stuss, den die Bürgermilbe da absondert.
Es könnte erwogen werden.	Das kommt überhaupt nicht infrage.
Es ist zu besorgen, dass ...	Wir fürchten uns. Der Weltuntergang steht unmittelbar bevor! Rettet die Akten!
Es bleibt Ihnen unbenommen ...	Beschweren Sie sich ruhig über mich. Aber ich werde noch an diesem Schreibtisch sitzen, wenn Sie längst zu Staub zerfallen sind.
Dem Vorschlag soll behördlicherseits nicht nähergetreten werden.	Mit dem Quatsch beschäftigen wir uns erst gar nicht.

V. Schneewittchen auf Amtsdeutsch

Der aktenkundig gemachte Geburtenanfall war die Erfüllung eines Kinderwunsches seitens der Ehefrau des amtierenden Herrschers. Das weibliche Kind wurde in Anbetracht seiner unterdurchschnittlichen Pigmentierung, den natürlich rot gefärbten Lippen und der Haarfarbe Schwarz gewohnheitsmäßig Schneewittchen genannt. Im Nachgang der vorerwähnten Entbindung verstarb die Kindesmutter. Der Witwer unterzog sich in der vorbezeichneten Angelegenheit einer Wiederverheiratung. Die Stiefmutter von überdurchschnittlicher Anmut litt an einer narzisstischen Persönlichkeitsstörung. Dieselbe stellte sich regelmäßig vor ein berahmtes Floatglas, dessen Rückseite mit einer reflektierenden Silberschicht versehen war, welches nach dem Reflexionsgesetz ein Abbild lieferte. Das optische Gerät besaß die Befähigung zur verbalen Kommunikation. Auf Ersuchen der Stiefmutter machte es Schneewittchen als die weibliche Person mit der größten Anmut im Lande namhaft. Erstere beauftragte einen im Forstwesen zuständigen Beamten mit Schussberechtigung damit, Letzterer einer Abschussregelung zu unterziehen. Der Forsttechniker sollte zu Beweiszwecken Lunge und Leber entnehmen und vorlegen. Doch Letztgenannter machte von einer Verschonung Gebrauch und brachte der Stiefmutter stattdessen Lunge und Leber eines Paarhufers aus dem forsteigenen Wildtierbestand.

Das weibliche Kind unternahm eine unverzügliche, durch Furcht vor einer Gefahr veranlasste Ortsveränderung durch eine fortwirtschaftliche Nutzfläche, wobei der Wildtierbestand sie unbehelligt ließ. Nach dem Ende der astronomischen Dämmerung am Abend kehrten sieben minderwüchsige Bergbaufacharbeiter zu ihrem im Außenbereich belegenen, Wohnzwecken dienenden Gebäude zurück. In der Vorrichtung zur Lagerung von Menschen zum Zwecke der Einhaltung der gesetzlich vorgeschriebenen Ruhezeiten des siebten vertikal Herausgeforderten fanden sie Schneewittchen im Zustand relativer Inaktivität des Bewusstseins und der Körperbewegungen vor. Das weibliche Kind namens Schneewittchen wurde am Folgetag hinsichtlich seines Bleiberechts zwerglicherseits angehört. Diesbezüglich wurde ihm Asyl Zug um Zug gegen die Verrichtung von Haushaltsarbeit gewährt.

Die vorbezeichnete Herrscherin weiblichen Geschlechts führte eine erneute Befragung nach der weiblichen Person mit der größten Anmut im Lande durch. Das Reflexionsgerät aus silberbeschichtetem Floatglas für den Innenbereich verlautbarte, dass Schneewittchen noch am Leben sei und sich

WARUM TAUBENZÜCHTER NICHT STANDESBEAMTE SEIN DÜRFEN:
SIE KÖNNEN DAS WEIBCHEN JETZT BERINGEN.

daselbst hinter den topografischen Erhebungen im Wohngrundstück der Wachstumsbehinderten verborgen halten würde. Die Herrscherin weiblichen Geschlechts unternahm in der Folgezeit drei Anschläge auf das Leben von Schneewittchen. Unter Vorspiegelung der Eigenschaft einer Reisegewerbetreibenden brachte sie einen Schnürriemen als Mittel zur Herbeiführung des Erstickungstodes zur Anwendung. Doch durch rechtzeitiges Eintreffen der Kleinwüchsigen konnte die Rettung Schneewittchens veranlasst werden. Anlässlich des zweiten Mordversuchs brachte die Herrscherin weiblichen Geschlechts ein vergiftetes Werkzeug zur Haarpflege zum Einsatz. Auch diesmal gelang den Kleinwüchsigen die Rettung Schneewittchens. Der dritte Mordversuch vermittelst eines vergifteten Kernobstgewächses der Gattung *Malus* führte schließlich zum Erfolgseintritt. Wiederbelebungsversuche seitens der Minderwüchsigen scheiterten. Sie nahmen eine Einsargung in eine lichtdurchlässige Spezialanfertigung vor.

In dem Abkömmling eines Herrschers wurde beim durch Zufall veranlassten Anblick des toten Schneewittchens sinnliche Begierde erweckt. Beim Abtransport des länglichen Kastens mit Deckel zur Endlagerung von Leichnamen ereignete sich ein Transportunfall. Unfallbedingt kam es zu einer spontanen Selbstreanimation seitens der Scheintoten. Der Abkömmling eines Herrschers und das weibliche Kind namens Schneewittchen suchten das nächstgelegene Standesamt zum Zwecke der Verehelichung auf.

Die Stiefmutter kam anlässlich einer Tanzlustbarkeit aus Anlass der Eheschließung vermittelst ungeeignetem Schuhwerks ums Leben.

Das stattgehabte Tatgeschehen wurde von den Literaturwissenschaftlern Gebrüder Grimm in einem Protokoll festgehalten und Erziehungsberechtigten zwecks der Einleitung der Schlafphase von Kleinkindern zugänglich gemacht. Vorstehendes wird hiermit zur Kenntnis gebracht.

VI. Wörterbuch Behördisch – Deutsch

Mit Hilfe dieses kleinen Wörterbuchs können Sie den Stammesdialekt der Verwaltungshanseln in verständliches Deutsch übersetzen.

ABLADUNG Die Aktenschildkröte hat keinen Bock auf Sie und sagt den Termin ab

ABLICHTUNG Fotokopie

ANLEITERBARKEIT Fenster kann von der Feuerwehr mit der Leiter erreicht werden

ANWEGUNG, ABGÄNGIGE FUSSLÄUFIGE kaputter Gehweg

AUFLAGE sind nicht die gedruckten Exemplare dieses Buches, sondern ist eine belastende Nebenbestimmung zu einem Verwaltungsakt. Beispiel: Behörde genehmigt einen Maskenball unter der Auflage „Das Tragen von Masken ist verboten"

BEELTERUNG Kind wird in Pflegefamilie vermittelt

BEHERBERGUNGSBETRIEB Hotel

BEISCHLAFSCHWARZARBEIT Prostituierte bezieht Sozialleistungen und geht gleichzeitig „schwarz anschaffen"

BEIWOHNUNG meint nicht die Nachbarwohnung, sondern den Beischlaf

BELEGEN hat nichts mit belegten Brötchen zu tun, sondern meint „liegt"

BELIEHENER ist nicht jemand, an den Sie etwas verliehen haben, sondern jemand, der nach einem Akt der Beleihung hoheitliche Aufgaben wahrnimmt, z.B. der Schornsteinfeger

BEREITSTELLUNG VON RAUMWÄRME Heizen

BESTALLUNG hat nichts mit der Unterbringung von Vieh zu tun, sondern bezeichnet die Einsetzung einer Person als rechtliche Vertretung, z.B. der Betreuer

BIOSENSOR Diensthund

DIENSTAUFSICHTSBESCHWERDE Der Bürger beschwert sich über einen Beamten, immer folgenlos

DIENSTHUNDWESEN meint nicht den Charakter der Fellfressen, sondern die Verwaltung der Diensthunde

DREHFLÜGLER Hubschrauber

DREISEITENKIPPER Schubkarre

DURCHWEGUNG, FUSSLÄUFIGE Streifengang eines Polizisten

EHEFÄHIGKEITSZEUGNIS Amtliche Bestätigung der Zeugungsfähigkeit, berechtigt zur Wahl einer günstigeren Steuerklasse

EINFRIEDUNG, NICHT LEBENDE Zaun

EINVERNAHME Vernehmung oder Mittagessen in der Kantine

ERDGLEICHE Erdboden

ERLAUBNISFIKTION Bürger genehmigt sich sein ordnungswidriges Tun selbst

FAHRTRICHTUNGSANZEIGER Blinker

FORMGEBRECHEN Verschmutzte oder zerknitterte Antragsformulare

GITTERZULAGE Zulage für Justizvollzugsbedienstete

GROSSGRÜN, RAUMÜBERGREIFENDES Baum

HANDZEICHEN Der Beamte winkt nicht, sondern schmiert sein Namenskürzel in die Akte

IRRLÄUFER Schreiben war an andere Behörde gerichtet. Macht nichts, da auch die falsche Behörde einen Aktenvernichter hat

KONTAKTBEREICHSBEAMTER Standesbeamter, er stellt ehelichen Kontakt her

LAUTRAUM Disco; Leiseraum ist dann die Trauerhalle

LEBENSABSCHNITTSBEGLEITERIN Freundin, heckseitig am Stempel „befristet bis ...“ zu erkennen

LEISTUNGSZULAGE Sonderzahlung, falls der Beamte wesensfremd doch arbeitet

LICHTZEICHENANLAGE Ampel

LUFTVERLASTUNG Hubschraubertransport

MEHRAUFWANDSENTSCHÄDIGUNG Schmiergeld. Durch ein paar bunt bedruckte Papierschnipsel lässt sich der müde Beamte zur Erteilung der begehrten Baugenehmigung motivieren

MEHRSTÜCK Kopie

MIETKRAFTDROSCHKE Taxi

NIEDERSCHLAGUNG bezeichnet kein Rohheitsdelikt, sondern das Amt schreibt eine Forderung ab, da die Eintreibung erfolglos war

OBERFLÄCHENWASSER Regen

ORGANWALTER ist kein Organhändler sondern jemand, der eine juristische Person vertritt

PERSONENVEREINZELUNGSANLAGE Drehtür/-kreuz

POSTWERTZEICHEN Briefmarke; der Briefmarkenautomat mutiert zum Postwertzeichengeber

RAUMORDNUNG ist herzustellen, wenn das Kind sein Zimmer nicht aufräumt

ROHRGELD meint nicht die Entlohnung von Callboys, sondern eine Zulage für Orchestermusiker

RUNDFUNKGERÄTE, NEUARTIGE Computer mit Internet-Zugang

SCHLIESSZANGEN Handschellen

SPONTANVEGETATION Unkraut

STRASSENBEGLEITGRÜN begrünter Mittelstreifen

UMLAUF behördeninterner Lesezirkel

UNBUNT, GLEICHHELLES Weiß

VEGETATIONSTECHNISCHE MASSNAHMEN gärtnern

VERRICHTUNGSBOX Boxen auf dem Straßenstrich, in denen gewisse Dienstleistungen erbracht werden

VERSACKUNG Absacken eines Weges

VERSAGUNG Ablehnung

VERSCHUBUNG Transport eines Häftlings von einem Gefängnis zum anderen

SCHON DIE HALBE MIETE:
HUMOR BEI
GERICHTSVOLLZIEHERN
KUCKUCK!

VERSTOSS, GERATEN IN Die Akte ist verschlampt

VERWESER ist kein Friedhofsmitarbeiter, sondern der Verwalter

VORSPRACHE Gespräch

VS-VERWAHRGELASS Panzerschrank für Verschlusssachen, Wahllichtbildvorlagen, Puzzle für Zeugen auf dem Polizeirevier

WALDFLIESSGEWÄSSER Bach

ZWANGSVERKAMMERUNG Mittel des Wohnungsamtes gegen Wohnungsnot